LES CONFESSIONS

DE MON OREILLER

CHANSONS ET POÉSIES INÉDITES

PAR DEVIEU.

SCEAUX
IMPRIMERIE DE E. DÉPÉE.
1852

LES CONFESSIONS

DE MON OREILLER

CHANSONS ET POÉSIES INÉDITES

PAR DEVIEU.

après Racine et Molière; le pinceau après Raphaël et Michel-Ange; le ciseau après Phidias et Praxitèle... C'est une erreur grossière!... Chacun, en venant au monde, apporte sa vocation; Désaugiers et Béranger en sont des preuves incontestables; tout en suivant la même carrière, ne sont-ils pas arrivés tous les deux au même degré de gloire?... L'un, Désaugiers, a excellé dans la chanson épicurienne, anacréontique, dans le tableau vrai des mœurs populaires; Béranger, plus sévère, plus satirique, a fait de l'Aristophane et du Rabelais; voilà toute la différence.

La facilité qu'il y a à composer une chanson médiocre, est cause qu'il n'existe peut-être pas un homme sachant écrire, quelquefois même ne le sachant pas, qui n'ait fait en sa vie quelques couplets; pas un artiste, un artisan, un honnête commerçant, un légiste, qui, un beau jour, ne se soit senti inspiré par la fête de sa femme, par le désir de louer un protecteur, par celui de lancer une épigramme en refrain sur une personne de sa société. Il assemble, tant bien que mal, des rimes au bout de huit lignes de huit syllabes chacune, et il obtient un grand succès dans son petit cercle. Quel jeune homme n'a pas soupiré son premier amour sur l'air de la romance à la mode? Quel écolier n'a pas chansonné son professeur et fait des couplets de bonne année pour ses parents?

Les chansons, jusqu'au XVIe siècle, ne furent en France que des poésies joyeuses ou amoureuses qui remplissaient les veillées des oisifs, ou les moments que les gens occupés pouvaient donner à l'amusement; mais, à dater de ce temps, nous voyons les chansons ou vaudevilles prendre un caractère historique et satirique. On trouve dans les recueils manuscrits de la bibliothèque nationale de Paris des chansons sur les guerres de François Ier et de Charles-Quint, sur la bataille de Pavie, sur le combat de Jarnac et de la Châteigneraie, sur la mort de Henri II, de Charles IX, sur l'insolence des mignons de Henri III, sur l'assassinat de ce prince. Le recueil de chansons historiques, en soixante volumes, fait par M. de Maurepas, est une chose des plus curieuses et des plus remarquables de ce genre. Il y a, dans ces chansons, des circonstances et des particularités qui ont échappé aux historiens; il y a la couleur locale, celle de l'esprit public; il y a, pour l'observateur, des nuances qui donnent aux faits leur véritable physionomie. En effet, au milieu des horreurs des guerres civiles qui ensanglantèrent la France depuis Charles IX jusqu'à Henri IV, on voit un débordement de chansons licencieuses et impies qui s'accorde avec les misères et les désordres de ce temps. La liberté de penser et l'extrême licence introduite dans tous les ordres de l'Etat amenèrent ensuite la chanson satirique, qui se maintint au milieu des troubles dont elle s'alimentait, et qui prit plus tard, dans les mains de Blot, de Hotman et de l'abbé de Marigny, le nom de *mazarinades*.

Sous le règne musqué de Louis XIV, les chansons amoureuses,

les pastorales et les madrigaux abondèrent; on vit encore à cette époque une poésie de sentiment où régnaient seules la douceur et la mollesse. Les chansons semblaient modelées sur les opéras de Quinault, qui avait, comme on le disait alors si spirituellement, *désossé la langue*, et la cour et la ville roucoulaient les airs de Lambert et fredonnaient les chansons gracieuses de Benserade. On chantait aussi dans la bonne société les chansons de Coulange et celles de madame Deshoulières.

La régence, qui fut un temps de festins, de plaisirs et de débauches élégantes, ne manqua pas aussi de chansons.

Le règne de Louis XV fut encore en France l'âge d'or de la chanson. Il ne manqua rien à ses triomphes, pas même une académie, et ce fut chez un traiteur fameux de l'époque que cette dernière fut établie sous le titre de *Caveau*, et sous les auspices de Piron, Collé, Crébillon fils et Gallet, qui en furent les fondateurs. Les bons mots et les joyeux couplets égayaient les repas qui se donnaient dans cette Académie chansonnière, qui avait lieu dans l'origine le premier dimanche de chaque mois; plus tard, il y eut deux réunions fixées au 1er et au 16, mais seulement pendant l'automne et l'hiver. Ces séances gastronomico-littéraires eurent leur cours pendant dix années. Diverses causes contribuèrent à leur cessation. D'abord, des seigneurs de la cour, ayant demandé d'être introduits durant un des dîners, refusèrent, par une ridicule hauteur, les siéges qu'on leur offrait, craignant sans doute d'être confondus avec des auteurs; leur dédain fut puni par un silence général; mais cette aventure désagréable éloigna des réunions plusieurs membres de la société. — Vingt ans après se forma un second Caveau, où l'on vit reparaître plusieurs de ceux qui avaient illustré le premier : son origine fut un dîner que le fermier-général Pelletier donnait le mercredi de chaque semaine à quatre auteurs de ce temps, Marmontel, Boissy, Suard et Lanoue. Bientôt, sur leur demande, l'amphytrion y invita également Crébillon fils, Helvétius, Bernard, Collé et Laujon. Ils formèrent une société, moins féconde en chansons, où la gaîté toutefois présidait comme dans la précédente, mais où l'épigramme était moins vive, car ici les gens de lettres n'étaient pas tout à fait chez eux, quoique Pelletier fît de son mieux pour les mettre à leur aise. Ce nouveau Caveau reçut aussi parfois la visite de personnages distingués. Sterne, Garrick et Wilkes y furent présentés par Crébillon fils, lors de leur voyage en France. — Marmontel, qui a consigné ces détails dans ses Mémoires, y raconte aussi l'aventure qui mit fin à ces réunions. Le fermier-général ne se borna pas à s'éprendre d'une aventurière, qui lui persuada qu'elle était fille de Louis XV; il fit la sottise de l'épouser, ce qui éloigna de sa maison les auteurs qui la fréquentaient et tous les gens honnêtes. Pelletier, au surplus, paya cher cette folie. Par suite des chagrins que lui donna cet hymen ridicule, il devint tout à fait fou et mourut à Charenton. — Les chants avaient donc cessé, ou, du moins les chansonniers avaient cessé de se réunir, lorsque, plus tard, les auteurs du Vaudeville renouvelèrent ce joyeux usage. C'était en quelque sorte un corollaire de l'établissement de leur théâtre, et un supplément à leurs pièces. Dans ces nouvelles réunions, le dîner, fixé au 2 de chaque mois, eut lieu d'abord à frais communs; mais bientôt la vente du recueil lyrique de la société pourvut amplement à tous les frais. En effet, à chaque dîner, tous les convives devaient payer leur tribut par une chanson. Ces charmantes réunions, connues sous le nom *des Dîners du Vaudeville*, donnèrent naissance à plusieurs de nos plus jolies chansons modernes, parmi lesquelles on peut citer le *Corbillard* d'ARMAND GOUFFÉ, la *Chaumière* de SÉGUR aîné, et le *Voyage de l'amour et du temps*, PAR SON FRÈRE. C'est pour ces dîners que Piis composa *sa grande ronde à boire*, d'une si bizarre originalité. Cependant, attendu que si « *tout finit par des chansons*, » les chansons aussi finissent dans ce pays d'inconstance, après cinq années de ces séances lyriques, la ferveur se relâcha, et les dîners se terminèrent faute de dîneurs satisfaisant à la première obligation imposée par la charte en couplets. Peu d'années après, en 1806, se forma, sous les auspices du chansonnier Armand Gouffé, la société gastronomique et lyrique, qui devait donner au nom du Caveau une nouvelle illustration. Ces dîners, qui avaient lieu le 20 de chaque mois, firent la réputation et la fortune du *Rocher de Cancale*, établissement tenu par le restaurateur Balaine, dans la rue Montorgueil. Les convives choisirent pour leur président émérite Laujon, et cette distinction flatteuse, en le rappelant à la génération présente, contribua peut-être à lui faire obtenir plus tard la faveur de *passer par l'Académie*, suivant l'heureuse expression de l'abbé Delille, avant de terminer sa longue carrière. Les chansons apportées à chaque dîner formaient au bout de l'année un volume qui se vendait à un très grand nombre d'exemplaires, car on chantait encore en France à cette époque. Nos départements avaient même alors beaucoup de sociétés épicuriennes, affiliées à celle du Caveau moderne. Lorsque Laujon, âgé de quatre-vingt-cinq ans, alla retrouver les Piron et les Collé, ses anciens confrères, ses nouveaux collègues composèrent et firent représenter en son honneur un fort joli acte au théâtre du Vaudeville. Jamais *De Profundis* ne fut plus gai, ni oraison funèbre moins ennuyeuse. Ils élurent ensuite à leur présidence le joyeux Désaugiers, celui qu'on pouvait nommer sans autre désignation *le chansonnier*, comme Lafontaine est appelé *le fablier*. J'ajoute toutefois que ce fut pour les dîners du Caveau qu'il laissa tomber de sa plume ses meilleures productions, la *Vestale, M. et madame Denis*, les *divers Cadet Buteux*, la *Treille de sincérité*, etc. Le Caveau fut encore très utile aux intérêts littéraires de notre chansonnier Béranger; on peut dire que son admission dans cette société, en 1813, fut le premier échelon de sa renommée.

L'avènement de Louis XVI fit encore naître à cette époque un déluge de chansons.

A notre première révolution, tandis que le peuple fredonnait des chansons assez mal faites, quelques poètes, ainsi que de nobles météores, s'élevaient pour anéantir ces grossiers refrains, et d'admirables chansons guidaient à la gloire une jeunesse bouillante. Après l'hymne des Marseillais, chef-d'œuvre inimitable, même pour son auteur, je dois parler de Chénier, qui a droit à la deuxième place pour son *Chant du départ!*

Dans l'une des strophes de cet hymne, l'auteur rendit un juste hommage à deux jeunes héros, ou, pour mieux dire, à deux héros enfants, dont l'histoire impartiale transmettra à la postérité la plus reculée les noms et le dévoûment.

« De Barra, de Viala le sort nous fait envie;
Ils sont morts, mais ils ont vaincu.
Le lâche accablé d'ans n'a point connu la vie!
Qui meurt pour le peuple a vécu. »

Le musicien ne resta pas au-dessous du poète : exalté par cette sublime inspiration, Méhul en doubla le prix par ses énergiques accords, et j'ajoute, comme une circonstance mémorable, qu'ils furent composés en quelques instants, sur le coin d'une cheminée, au milieu des causeries d'un salon.

Ainsi, trois des plus remarquables productions lyriques de nos jours, sont nées d'improvisations du génie : *Le Chant du départ*, l'air : *ô Patrie!* du Tancredi, nommé en Italie l'*aria dei rizzi*, parce que Rossini le composa pendant qu'on apprêtait le riz de son repas; enfin, *la Marseillaise*, qui, nouvelle Pallas, dans l'exaltation fiévreuse d'une nuit avancée, sortit tout armée du cerveau de Rouget de Lisle.

Exécuté d'abord par l'orchestre et les chœurs du Conservatoire de musique, dans la fête nationale de 1794, pour célébrer le souvenir de la prise de la Bastille, le *Chant du départ* devint promptement populaire; il fut accueilli avec transport par nos armées, qui lui donnèrent ce mémorable baptême de *frère de la Marseillaise*. Il est, en effet, aussi beau de majesté et d'énergie, que l'autre de verve et d'enthousiasme. Aussi leur souvenir restera-t-il à jamais uni dans les glorieuses annales des guerres de notre indépendance.

Un refrain se présente naturellement sous ma plume :

Ces temps-là ne sont plus!

Et, puisque nous en sommes sur les choses oubliées, remarquons une des calamités de notre siècle : *on ne chante plus à table*. Ce plaisir, si cher à toutes les époques, serait de nos jours une tradition fabuleuse, sans la fidélité de quelques honnêtes bourgeois et des joyeux goguettiers.

Je ne prétends pas pour cela soutenir que tout le monde doive s'occuper de chansons; certes, il serait ridicule et d'un ridicule achevé, de voir des hommes voués à d'importants travaux, s'amuser à des chansons; ils les estiment à leur juste valeur et ne méprisent rien de ce qui est bon, parce qu'ils savent *que rien n'est facile à bien faire.*

Anacréon ne s'est-il pas immortalisé par ses chants?

Horace lui-même offre-t-il autre chose que des chansons dans une grande partie de ses odes?... Les idées les plus sublimes, les images les plus imposantes n'accompagnent-elles pas les élans bachiques et les soupirs de l'amour?... Vous, *grands savants*, qui me reprochez de faire des chansons, si vous n'avez pas oublié votre littérature latine, vous devez vous rappeler de l'ode où ce grand lyrique chante d'une manière si pompeuse la mort de Cléopâtre, ode qui commence par cette strophe: « C'est maintenant qu'il faut boire, c'est maintenant qu'il faut danser et charger les tables des mets les plus exquis?... » Et, lorsqu'il arrive à cette terrible image: *Pallida mors æquo pulsat pede pauperum tabernas regum que turres*, c'est pour nous dire qu'il faut bien boire et bien s'amuser, puisqu'après la mort on ne peut plus jouer aux dés à qui sera le roi du festin.

Enfin, la chanson a trouvé moyen de se glisser jusque dans les tragédies. On se rappelle les couplets de Marino Faliéro:

« Gondolier, la mer t'appelle. »

Est-il besoin de nommer Casimir Delavigne, le versificateur exact, le conservateur du goût classique, même au sein du drame? C'est en chantant qu'il a célébré la gloire de 1830, où brillent les plus belles images. A-t-on bien remarqué l'harmonie imitative de son dernier couplet de la *Parisienne*?

« Tambours du convoi de nos frères, etc. »

Abandonnons maintenant les grands maîtres de la chanson, et descendons dans les sociétés lyriques.

Là, nous arrivons au véritable poète populaire, à notre ami Émile Debraux. Sa verve était franche, expansive, tour à tour grandiose et grivoise. Heureux qui répète après lui:

« Ah! qu'on est fier d'être Français,
« Quand on regarde la colonne. »

Refrain devenu banal à force de vérité!

Les premières années d'Émile n'offrirent rien de remarquable, si ce n'est une prédilection marquée pour la chanson, dont il essayait déjà à comprendre le mécanisme, en accolant aux mots des rimes plus ou moins heureuses qu'on l'entendait fredonner partout où on le rencontrait.

Dans sa jeunesse, il occupa un emploi à la bibliothèque de l'École de Médecine; mais son amour de l'indépendance, qui fut le caractère dominant de sa vie, ne lui permit pas d'y rester. Il ne pouvait pas imprimer à sa jeune muse l'élan patriotique qui remplissait son âme; c'en fut assez pour qu'il se démît de cette place.

Aussi, je répète avec le poète Béranger :

« Mais direz-vous, il avait donc des rentes ?
Eh ! non, messieurs; il logeait au grenier ;
Le temps, au bruit des fêtes enivrantes,
Râpait, râpait l'habit du chansonnier.
Venait l'hiver ; le bois manquait à l'âtre ;
La vitre, au nord, étincelait de fleurs ;
Il grelottait, mais sa muse folâtre
Du pauvre peuple allait sécher les pleurs. »

Et le peuple, dont il était l'âme, lui faisait tout oublier : la misère présente et celle qui menaçait son avenir.

« Toujours enfant, gai jusqu'à faire envie,
En étourdi vers le plaisir poussé ;
Pouffant de rire à voir couler sa vie
Comme le vin d'un tonneau défoncé ;
Sifflant le sot sous la croix qu'il découvre,
Ou sur son char le grand mal affermi ;
Sans s'informer par où l'on monte au Louvre,
Du pauvre peuple il est resté l'ami.

En 1815, lorsque la trahison eut livré la France à l'étranger, il fut indigné des humiliations dont on accablait notre vieille armée, et le sentiment profond de la gloire qui s'attachait aux exploits de nos guerriers, lui inspira des chants dans lesquels il fit revivre tous les souvenirs propres à réveiller l'orgueil national.

Ce fut à cette époque qu'il composa le *Prince Eugène*, le *Mont-Saint-Jean*, refrains qui parvinrent en peu de temps dans les plus petits hameaux; on répétait ces chants sous le chaume, à la charrue, dans les ateliers, au cœur de Paris, à la cîme des Alpes et dans les plaines de la Beauce.

. . . .

La France alors pleurait l'éclat des armes,
Et les grandeurs dont le cours l'ébranla ;
La voix d'Émile, évoquant notre histoire,
Du cabaret ennoblit les échos ;
C'était l'asile où se cachait la gloire :
Le pauvre peuple aime tant les héros !

Jamais poète n'obtint un succès plus complet et plus populaire; ce qui démontre que notre auteur faisait vibrer une corde pour laquelle il y avait de l'écho dans toutes les âmes, au moment où il n'était plus un seul coin du territoire où l'on ne s'irritât du joug.

Oh ! ce n'était pas un chansonnier ordinaire qu'Émile ! Ses chansons patriotiques répondaient au vif besoin d'opposition de l'époque où il les composa. Voyez quelle colère de nationalité et d'indépendance dans ses couplets, quel orgueil de nos victoires, quelle douleur de nos revers ! Lisez la *Veuve du Soldat*, morceau épique où brillent d'admirables strophes; lisez l'ode intitulée *Marengo*, hymne saint de la première République ; *l'Appel aux Députés*, et tant d'autres que le défaut d'espace m'empêche de mentionner.

Malgré son apparente insouciance, Émile comprenait plus que personne peut-être, les affections de famille : il aimait de dévoûment et de cœur sa femme, auprès de laquelle il trouvait consolation, bonheur et sympathie ; sa femme qui n'a pas quitté un instant son lit de moribond, qui l'a senti s'éteindre sur son sein.

Ce fut le 12 février 1831 que mourut Émile Debraux ; une maladie chronique, qui, depuis longtemps déjà, menaçait ses jours, l'enleva à trente-trois ans à sa famille et à ses nombreux amis.

C'étaient ses chants que disait notre ivresse,
Chants que nos fils sauront bien rajeunir :
De son passage est-il un grand qui laisse
Au pauvre peuple un si doux souvenir ?

Emile Debraux vivra toujours dans la mémoire du peuple. Le temps n'est pas loin, j'en suis certain, où l'on appréciera pour ce qu'il vaut, ce talent si vrai, si original, et, pour cela, il ne faut que lire ses chansons et chanter ses refrains, et... les miens, si le temps vous le permet.

A MES CHARMANTES LECTRICES.

O femmes ! il ne vous manque
rien pour être des anges,
pas même des ailes !

Air : *du Passe-partout* ou : *du Baiser au porteur*.

Femmes, que j'aime et que j'admire.
Ecoutez les confessions
D'un oreiller qui va, sans rire,
Vous faire ici des révélations.....
Ce grand gourmand (cela n'est pas stupide),
Voudrait, j'approuve cet aveu,
Vous enrôler toutes sous son égide,
Si quelque jour il était le bon Dieu !

—

LES

CONFESSIONS DE MON OREILLER

Chansons et Poésies inédites.

LE COLLÈGE.

Couplets offerts à mes anciens camarades de Sainte-Barbe.

Air *du vaudeville de la Famille de l'apothicaire.*

Pour orner mon livre, je vais,
Mes bons, mes anciens camarades,
Vous remémorer quelques traits
De nos classes parfois maussades...
Vous souvenez-vous... quel tableau!..
De ce jour où l'on fit *un siège*,
Et que *grand-papa de Lanneau*
Nous mit sous clé dans le collège.

Faute de trouver l'adjectif,
Ou le spondée, ou le dactyle,
On donnait un coup de canif
Au beau milieu de son Virgile;
Et l'hiver, quand *le chien de cour*
Cafardait, les boules de neige
Le bombardaient jusqu'au détour
Du grand mur de notre collège.

Dans ce temple de la raison,
On criait, on faisait tapage,
En maudissant de sa prison
Le dur et trop long esclavage;
Plus tard, le monde, à nos dépens,
En nous jetant dans plus d'un piège,

Nous fit voir que le meilleur temps
Fut vraiment celui du collège.

Vrais artistes, jeunes auteurs,
En prenant le beau pour modèle,
A de nombreux admirateurs
Offrez votre moisson nouvelle ;
Mais tout en obtenant des prix,
Quoique le bonheur vous assiége ;
N'oubliez jamais, mes amis,
Que tout cela vient du collège.

A mériter votre faveur,
Ma muse sera toujours prête,
Car je trouverais dans mon cœur
Ce que refuserait ma tête ;
Si je vous parle avec transport,
C'est que j'ai vu, doux privilège !
Qu'un absent n'avait jamais tort
Auprès des amis de collège.

Jadis notre émulation
Obtint sa douce récompense ;
Par le progrès, l'ambition,
On fit débuter notre enfance.
Dans le monde, mêmes appas,
Et toujours semblable manège,
Montre bien que jusqu'au trépas,
Nous ne sortons pas du collège.

LE CHIEN DU CHANSONNIER.

Chanson historique.

AIR *du vaudeville de la Robe et des Bottes*, ou de *la Métempsycose*, de Béranger.

Chantre de France, au burin prophétique,
O Béranger ! de Dieu l'enfant gâté,
Du haut sommet de ton char pindarique,
Donne à ma verve et force et vérité ..

Puisque je suis maintenant ton exemple,
Puisque je fais l'état de coupletier,
En quelques vers je vais bâtir un temple
Au chien du joyeux chansonnier.

Des bons amis, francs égoïstes,
Des coquettes, des vaniteux,
Des faux dévots aux regards tristes,
Et des bavards, parfois très ennuyeux !.
Quand tu les vois, pour chasser leur nature,
Vite, Médor, ferme ! il faut aboyer ;
Car ces gens-là redoutent la morsure
Du chien d'un joyeux chansonnier.

Malgré sa mine gentillette,
Narguant l'amour, il vit comme un Caton,
Je sais pourtant qu'une riche levrette
Voudrait porter son joli petit nom...
En acceptant cette grande alliance,
Tu me fuirais, car je suis roturier...
Garde plutôt ta noble indépendance,
Et sois fidèle au joyeux chansonnier.

Dernièrement, un citadin fort riche,
Me dit : — « Voulez-vous cent écus ?... » —
— Pourquoi, Monsieur... — Pour ce charmant caniche,
Dont je connais d'avance les vertus. —
— J'ai refusé de bien plus fortes sommes,
En répétant toujours sans balbutier :
Avec de l'or on achète des hommes,
Mais pas le chien d'un joyeux chansonnier.

Quand la mort de sa main livide,
Viendra me toucher pour partir,
Je prîrai Dieu... puis, d'une âme candide,
Dans le repos j'irai m'ensevelir...
Ah ! pour payer mes soins avec usure,
Du corbillard, qui sera le premier...
Triste et pensif, derrière la voiture,
Le chien du joyeux chansonnier.

LE MIROIR DE SUZETTE.

Air *ad libitum*

Quand le soleil me guide
Auprès du chemin creux,
Dans le ruisseau limpide
J'aime à mirer mes yeux ;
Car Jean m'a dit : Suzette,
Ma gentillette,
Mieux que l'azur des cieux,
J'aime tes grands yeux bleus.

Plus près lorsque j'approche,
Le cœur silencieux,
Dans le cristal de roche
J'aime à voir mes cheveux ;
Car Jean m'a dit : Suzette,
Ma gentillette,
Mieux que l'azur des cieux,
J'aime tes blonds cheveux.

Je ne dois pas le dire...
(Ce sont de gros péchés) ;
Mais quelquefois j'admire
Certains appas cachés ;
Car Jean m'a dit : Suzette,
Ma gentillette,
Ce qu'on voit rarement
Paraît plus attrayant !

A QUOI SERT LE LATIN ?

Air : *Ces postillons sont d'une maladresse.*

J'ai fait jadis de brillantes études,
Aux jours de prix je fus souvent cité.

Du monde enfin cherchant les habitudes,
A corps perdu je m'y trouve jeté,
Et même, hélas ! je m'y crois ballotté.
Tout m'est fatal, rien n'a ma confiance,
Et chaque pas me rend plus incertain ;
Si du bonheur il manque la science,
A quoi sert le latin ?

Mon cœur fougueux prodiguait sa tendresse
A la beauté dont j'attendais l'amour ;
Me reposant sur sa chère promesse,
Je pressais peu, puisque de jour en jour
Elle devait me payer de retour.
Il est si doux d'estimer ce qu'on aime !
J'attendais donc ; mais j'apprends un matin,
Que sur les rangs je marche le cinquième :
A quoi sert le latin ?

Je cherche alors une fille plus sage,
Et, désirant l'attacher à mon sort,
Dans les liens d'un prudent mariage
En étourdi je m'arrête d'abord,
Espérant bien serrer le nœud plus fort.
On enviait mon avenir prospère :
Heureux époux, content de mon destin,
Trois mois après je deviens heureux père !
A quoi sert le latin ?

En maudissant une engeance perverse,
Il faut me taire et prendre mon parti ;
Je me distrais par les soins du commerce,
Et d'un caissier bientôt je suis nanti ;
C'était un juif qu'on m'avait garanti.
De mes écus vérifiant l'espèce,
Il les reçoit d'un air assez hautain,
Laisse la clé... mais part avec la caisse !
A quoi sert le latin ?

De nos beaux-arts mon esprit idolâtre,
Au temps passé raisonnait assez bien ;
Parlant de tout, et même du théâtre,
De triompher je savais le moyen :
Mais à présent je ne comprends plus rien.

« Laissons Racine à cheval sur la règle,
« Me disait-on, Molière est un crétin,
« Corneille un sot, et D... est un aigle! »
A quoi sert le latin?

UNE CAMPAGNE A ARNOUVILLE.

A MADAME FANNY H******.

AIR : *Ah! le bel oiseau!*

On est heureux
Et joyeux
Dans l'asile
D'Arnouville.
Le seul point de déplaisir,
C'est lorsqu'il faut en sortir!

Désaugiers, Favart, Boufflers,
Pour le sujet que j'entame,
Inspirez-moi quelques vers,
De vous trois je les réclame...
On est heureux, etc.

Là, pas de débats fâcheux!
Là, pas de froide étiquette!
Lorsqu'on voit un malheureux,
Chacun lui donne en cachette.
On est heureux, etc.

Quand maint écueil vient s'offrir
Dans Paris, la grande ville,
Tranquillement j'aime à fuir
Dans ce séjour si tranquille.
On est heureux, etc.

Ici, rien n'est oublié,
O douces métamorphoses!

On cultive l'amitié,
Tout en cultivant les roses.
On est heureux, etc.

En parlant de rose ici,
La reconnaissance appelle,
Et dit, Madame, aujourd'hui
De vous offrir la plus belle!

On est heureux
Et joyeux
Dans l'asile
D'Arnouville;
Le seul point de déplaisir,
C'est lorsqu'il faut en sortir!

NICAISE, L'ÉGOISTE.

CHANSONNETTE PATOISÉE.

AIR : *Drin, drin, drin* (de la *Poule aux œufs d'or*.)

Au restaurant tout près de l'Hippodrome,
Qu'un riche Anglais se bourre de rosbif,
Et qu'il demande un grand verr' de rogomme
Pour arrêter l'effet du vomitif :
Qu'est-c' qu' ça m' fait à moi?
Je ne suis pas gastronome ;
Qu'est-c' qu' ça m' fait à moi
Quand je chante et quand je boi?

Que tout Paris applaudisse, encourage
L'auteur brev'té d'un chemin d' fer volant,
Qui jure ici que dans son équipage
On s' promèn'ra jusque dans l' firmament...
Qu'est-c' qu' ça m' fait à moi?
Je ne suis pas du voyage ;
Qu'est-c' qu' ça m' fait à moi
Quand je chante et quand je boi?

Que la grisett' folle de sa tournure,
Et d' ses appas moulés sur les amours,
Passant près d' moi, me dérob' sa figure
Sous un chapeau de satin ou d' velours :
Qu'est-c' qu' ça m' fait à moi?
Lise est si bien sans parure!
Qu'est-c' qu' ça m' fait à moi
Quand je chante et quand je boi?

Qu'un intrigant se bouscule et s'agite
Auprès de ceux maintenant en faveur,
Pour obtenir, malgré son peu d' mérite,
La petit' croix d' la Légion-d'Honneur :
Qu'est-c' qu' ça m' fait à moi?
Jamais je ne sollicite;
Qu'est-c' qu' ça m' fait à moi
Quand je chante et quand je boi?

Quoiqu'égoïst', si l'on m' disait : En France
Les étrangers veul'nt venir : halte-là!
Pour conserver nos jours d'indépendance,
Vite, un fusil, Parisiens, me voilà!...
Soudain
Mon refrain,
En me battant pour la France,
Serait, sur ma foi,
Si j' meurs... qu'est-c' qu' ça m' fait à moi?...

L'ENFANT DU MALHEUR.

Air *de l'Artiste.*

Frêle barque sans voile,
Seul je naquis, hélas!
Entre une pâle étoile,
Et quelques frais lilas!...
Riches de cette terre,
En plaignant ma douleur,

Secourez la misère
De l'enfant du malheur!

On voit sur mon visage
La pâleur et la faim,
Car je porte avant l'âge
Les rides du chagrin...
Riches de cette terre, etc.

Éloigné du village,
Je dors dans les guérets,
Ou sous le frais ombrage
Des arbres des forêts...
Riches de cette terre, etc.

Je n'ai pas de patrie,
Pas d'amour, pas de sœur,
Pas de mère qui prie,
Pas un cœur pour mon cœur...
Riches de cette terre, etc.

Sur cette terre immense,
S'il faut toujours souffrir...
O Dieu! plein de clémence,
Fais-moi plutôt mourir!...
J'ai faim... mais... je succombe...
Adieu, sol de douleur!...
Ici, voilà la tombe
De l'enfant du malheur...

LES MERVEILLES DE PARIS,

CHANSON COMPOSÉE PAR UN PROVINCIAL POUR AMUSER OU EMBÊTER SES VOISINS.

AIR : *Des fraises.*

On vous a dit que Paris
Était le réceptacle
De cent vices réunis...

Moi, j'en reviens, et je dis :
Miracle! (*ter.*)

J'ai vu beaucoup d'intrigants,
Une fois au pinacle,
Aux flatteurs, aux charlatans
Préférer des amis francs...
Miracle! (*ter.*)

Un malin public, voulant
S'amuser au spectacle,
D'un drame froid et sanglant
A fait justice en sifflant...
Miracle! (*ter.*)

Ce fashion, qui sur ses pas
Ne vit jamais d'obstacle,
A rencontré des appas
Que son or ne séduit pas...
Miracle! (*ter.*)

Ce journaliste insolent,
Qui se croit un oracle,
A, sans prendre de l'argent,
Rendu justice au talent...
Miracle! (*ter.*)

Ce docteur, par qui la mort
A fait mainte débacle,
A traité dans son ressort
Un pauvre qui vit encor...
Miracle! (*ter.*)

Un lévite, qui porta
La flamme au tabernacle,
Publiant un *errata*,
A dit son *mea culpa*...
Miracle! (*ter.*)

Tout bouffi des méchants airs
Que sur sa lyre il racle,
Ce faquin, dans nos concerts,
A daigné chanter mes vers...
Miracle! (*ter.*)

LA NOVICE

CHANSON VILLAGEOISE.

AIR : *Des maris ont tort.*

A seize ans, Lise la novice,
Et Bastien, le gros laboureur,
S'aimaient d'amour et sans malice,
Aussi devaient-ils, sur l'honneur,
Se marier l'jour de la chandeleur...
Mais, las ! à la ville, au village.
Le plus beau serment est trompeur,
Surtout lorsque sur son passage
Joli minois trouve un seigneur.

Un jeune homme de haut lignage,
La terreur des parents, dit-on,
Parce qu'il prenait au village,
N'importe dans quelle saison,
Tout ce qui s'y trouvait de bon.
Un jour, à Lise la simplette,
Il dit : — Tu me plais, sur l'honneur,
Veux-tu mon cœur, belle coquette ?
— Dam ! je n'sais pas trop, monseigneur !...

Pour ce cœur, je t'offre, ma belle,
Mon grand château de Luzamor,
Puis, de brillants cette étincelle
Qui vaut, Lise, ton pesant d'or,
Tu le vois, c'est tout un trésor !...
Avec les plaisirs, l'opulence
Va te donner parfait bonheur ;
Eh quoi ! tu gardes le silence ?
— Je me consulte, monseigneur !

— Donne-moi bien vite ta rose...
— Il m'est doux de vous obéir...
Mais à Bastien... voici la chose. .

Ça ne f'ra peut-êtr' pas plaisir...
— Comme toi je veux l'enrichir :
Puis, dans un mois je vous marie.
— De l'argent, votre noble cœur,
Et Bastien avec la mairie,
Ma foi, prenez tout, monseigneur !...

LE PROVINCIAL A PARIS.

Air de Kettly (*Heureux habitants des beaux vallons...*)

Avec mes écus
J'ai vu ce pays de féerie,
Dont le Parisien
En province dit tant de bien ;
J'ai vu des vertus...
Mais faites d'après la copie
De feu Raphaël,
Ce peintre à jamais immortel...
J'ai vu des marchands
De jouets et de friandises,
Dire à leurs clients :
Ce polichinelle charmant,
Et ce sucre blanc
Me viennent des îles Marquises...
Mais pour réussir
Dans le commerce il faut mentir !...
De jour maints travaux
Toujours nouveaux
Frappent la vue ;
J'ai vu l'autre fois
Paver quelques quartiers en bois...
Bref, en circulant
Par ci, par là, dans chaque rue,
Que de *Bilboquet*
J'ai vu passer dans mon trajet !...
Voyant aujourd'hui
Que le paraverse prospère,

Moi, j'ai sans retard
Vendu mon modeste rifflard ;
Avec celui-ci
Je vois que c'est une autre affaire :
On se mouille encor
De tous les côtés... c'est plus fort !...
Dans ce beau Paris
J'ai vu les Mémoires du diable,
J'ai vu dans Paris
Satan ou le diable à Paris,
Enfin dans Paris
J'ai vu les trois péchés du diable,
D'après ce devis
Je crois les diables à Paris !...
J'ai vu sur le mur
Assurances contre l'orage,
Dévastation,
Incendie et conscription.
Vidocq (c'est plus sûr)
Voulait aussi... quel avantage !
Contre les voleurs
Assurer... par les assureurs !...
Tout est assuré ;
Donc j'ai dormi plein d'assurance.
C'est très bien, ma foi,
J'en sais bon gré ;
Pourtant, je croi
Qu'à ce grand Paris
Il manque encore une assurance :
C'est, à mon avis,
D'assurer l'honneur des maris !...
Au grand Opéra
J'ai vu le soleil et la lune,
Et, grâce aux quinquets,
J'ai vu *pousser* bien des bosquets ;
Puis, après cela,
J'ai vu le terrible Neptune,
Avec un éclair,
Sortir tout frisé de la mer.
L'hippodrome, au jour,

Offre des courses triomphales,
Des gladiateurs,
Même de toutes les grandeurs,
Demain, sans retour,
Leur annonce offre des vestales...
Le point est scabreux ;
Mais... promettre et tenir sont deux !...
Bref, chez Séraphin,
J'ai vu des acteurs intrépides,
Hier soir enfin,
J'ai vu la Porte-Saint-Martin,
Mais c'est là qu'en vain,
Dans les *Petites Danaïdes*,
Pour bien m'égayer
J'ai recherché mon bon Potier !...
J'ai vu des lions
En plein jour fumer dans les rues ;
J'ai vu des mouchards
Porter la croix des vieux grognards ;
J'ai vu des bastions,
Et j'ai vu des filles perdues ;
Voilà, mes amis,
Tout ce que j'ai vu dans Paris !

LA MORALE CHINOISE.

Air : *Amis, voici la riante semaine.* (Du Carnaval de Béranger.)

Hier au soir, et suivant ma coutume,
Pour griffonner du noir sur du papier,
Nonchalamment je saisissais ma plume,
Quand un magot sortit de l'encrier ;
Tout en riant, il barbouilla ma page
Du haut en bas avec le bout des doigts ;
Je sais, dit-il, que ce n'est pas l'usage,
Mais c'est ainsi qu'on fait chez les Chinois

Gais écrivains, je vous tiens en réserve
De quoi rimer de mordantes chansons ;

Je viens ici pour aider votre verve
Et vous donner de petites leçons.
Frondez l'abus par votre persifflage,
En y mêlant de l'esprit quelquefois !..
Je sais fort bien que ce n'est pas l'usage,
Mais c'est ainsi qu'on fait chez les Chinois.

Et vous, acteurs, qui brillez au théâtre
En vous flattant d'un encens éternel,
Dans votre jeu, soit terrible ou folâtre,
Tâchez de mettre un peu de naturel !
Pénétrez-vous de votre personnage,
Et répétez vos rôles plusieurs fois ..
Je sais fort bien que ce n'est pas l'usage,
Mais c'est ainsi qu'on fait chez les Chinois.

Riches, puissants, un conseil que j'apporte
Dans vos ennuis peut glisser du bonheur :
Ouvrez toujours quand on frappe à la porte ;
Venez en aide au pauvre en sa douleur.
Qu'à votre table il prenne son potage,
Et qu'il se chauffe à votre même bois !
Je sais fort bien que ce n'est pas l'usage,
Mais c'est ainsi qu'on fait chez les Chinois.

Belles de nuit, grisettes et lorettes,
Vous qui passez votre temps au plaisir,
N'oubliez pas, malgré les amourettes,
Que l'âge mûr viendra pour vous saisir.
Fermez l'oreille au dangereux hommage
De ce galant fou de votre minois..!
Je sais fort bien que ce n'est pas l'usage,
Mais c'est ainsi qu'on fait chez les Chinois.

Législateurs, vous qui venez d'emblée
A la tribune étourdir tout Paris,
Qu'espérez-vous en troublant l'Assemblée
Par un concert de gestes et de cris ?
Ah ! par pitié, messieurs, moins de tapage !
Décrétez-nous plutôt de bonnes lois.
Je sais fort bien que ce n'est pas l'usage,
Mais c'est ainsi qu'on fait chez les Chinois.

LE REPENTIR D'UNE FILLE DE JOIE.

Air *du Baiser au porteur*, ou : *Il est si doux de faire des heureux.*

Sur ce grabat, où lentement j'expire,
Seule et livrée aux flèches du remords,
Je revois ceux qui, par leur triste empire,
Ont gangrené mon esprit et mon corps !...
Prête à partir, mon âme confondue,
Dans son courroux m'oblige à répéter :
— Si tu punis celle qui s'est vendue,
Dieu punis ceux qui surent l'acheter !

On m'avait dit : « Dans la ville superbe,
Où chaque fleur, chaque germe a son prix,
L'or sous tes pas surgira comme l'herbe
Pousse en des champs émaillés et fleuris ! »
Et je les crus !... Orpheline éperdue,
Dans le bourbier je courus me jeter !...
— Si tu punis celle qui s'est vendue,
Dieu punis ceux qui surent l'acheter !

Pauvre, et n'ayant pour biens que ma jeunesse,
Qu'un cœur crédule, impatient d'amour ;
Pour le travail n'ayant que peu d'adresse,
La faim alors me prit du premier jour ;
Parmi la foule où j'étais morfondue,
Je cheminais... et sans me consulter...
— Si tu punis celle qui s'est vendue,
Dieu punis ceux qui surent l'acheter !

La nuit tombait... Bientôt à mon oreille
J'entends ces mots : « Ange, sèche tes pleurs !..
Raconte-moi, séduisante merveille,
Le noir sujet qui cause tes douleurs ! »
Quand ce passant, hélas ! m'eut entendue,
Mes longs regrets parurent l'enchanter...
— Si tu punis celle qui s'est vendue,
Dieu punis ceux qui surent l'acheter !

Dans un hôtel, imposant de richesse,
Mon *protecteur* me conduisit alors :
De ce séjour, dit-il, sois la maîtresse...
Livre en échange à mes bras tes trésors...
Quoi ! refuser ?... la nuit est descendue...
Où donc, enfant ! pourrais-tu t'abriter ?
— Si tu punis celle qui s'est vendue,
Dieu punis ceux qui surent l'acheter !

J'ai succombé... Durant un an de fête
J'oubliai tout. Le tourbillon du bal
De mille flots environnait ma tête,
Et je suivais leur reflux infernal ;
Puis vint un jour, disgrâce inattendue,
Où mon Crésus parla de me quitter...
— Si tu punis celle qui s'est vendue,
Dieu punis ceux qui surent l'acheter !

Tous les plaisirs du luxe et de la table
Avaient jeté leur fièvre dans mes sens ;
Je ne voulais qu'un bonheur confortable...
Je le trouvai dans des lieux flétrissants !...
Je pris un rang dans la classe perdue...
Et mon orgueil osa s'en contenter !...
— Si tu punis celle qui s'est vendue,
Dieu punis ceux qui surent l'acheter !

Vils meurtriers de mon cœur, de mon âme,
De vos méfaits vous répondrez là-haut !
Soyez maudits !... mais non... non, je suis femme,
Et c'est à moi de vous plaindre plutôt !...
Pourtant, hélas ! votre main étendue,
Eût pu du vice à jamais m'écarter !...
Seigneur ! punis celle qui s'est vendue...
Pardonne-leur d'avoir su m'acheter !

(*Avec Testa.*)

CE QUE J'AIME LE MIEUX.

Air : *Rendez-moi ma patrie !* (du Pré-aux-Clercs.)

J'aime la marguerite,
Frêle oracle des champs,
Dont la fleur si petite
Conseille les amants ;
Mais j'aime mieux la femme
Qui jette chaque jour,
Dans le fond de mon âme
Un doux rayon d'amour.

J'aime à voir sur la glace
Courir les patineurs ;
J'aime aussi dans l'espace
Le cor des gais chasseurs ;
Mais j'aime mieux l'aumône,
Humble et digne présent,
Que sa main blanche donne
Au pauvre en souriant.

J'aime le doux langage
Des bergers du Tyrol ;
J'aime aussi le ramage
Du joyeux rossignol ;
Mais j'aime mieux la femme
Qui jette chaque jour,
Dans le fond de mon âme
Un doux rayon d'amour.

J'aime du prolétaire
La constante gaîté ;
J'aime du militaire
Les chants de liberté ;
Mais j'aime mieux l'aumône,
Humble et digne présent,
Que sa main blanche donne
Au pauvre en souriant.

LE CHANT FUNÈBRE DE VICTOR ESCOUSSE.

HOMMAGE RENDU A LA MÉMOIRE D'UN AMI.

Adieu, compagnons de voyage,
Hâtez-vous de me déposer
Sur ce rocher, près du mouillage
Où mon esquif vient de briser.
O pauvre âme! aux gloires fidèles
Qu'espérais-tu plus qu'en ce lieu?
Puisque la mort brise tes ailes,
Adieu.

Adieu, trop inféconde terre,
Fléaux humains, soleil glacé :
Comme un fantôme solitaire,
Inaperçu j'aurai passé.
Adieu, palmes immortelles,
Vrai songe d'une âme de feu!
L'air manquait, j'ai fermé les ailes;
Adieu.

Amours, seuls charmes de la vie,
Volages, vous m'auriez quitté!
Femmes, mon âme plus n'envie
Une vulgaire volupté.
Sur vous un froid retour m'éclaire,
Aimer, pour vous ce n'est qu'un jeu.
Femmes, vous ne savez que plaire...
Adieu.

Ici-bas je n'eus en partage
Qu'illusions, j'en suis blessé :
Sous leur fragile échafaudage
Je tombe, et me trouve écrasé.
La liberté qui m'eût fait vivre,
Frappée et proscrite en tout lieu,
Remonte aux cieux, je veux la suivre!
Adieu.

LES DEUX MEILLEURS AMIS.

AIR *du vaudeville de l'Héritière.*

Je soutiens avec énergie
Aux hommes de tous les pays,
Que la canne et le parapluie
Seront toujours les deux meilleurs amis. (*bis.*)
Dans les saisons les plus cruelles,
Vous les voyez vous suivre avec ardeur,
Comme nos vieux soldats fidèles
Suivaient jadis notre empereur.

Hier, assailli par deux drôles,
Je serais mort, mais par bonheur,
Mon jonc leur frotta les épaules,
Et, grâce à lui, ma parole d'honneur,
De ce combat je suis sorti vainqueur !
Un bon ami, je le dis sans mystère,
De peur de plier le genou,
Aurait, pour commencer l'affaire,
Pris ses deux jambes à son cou.

Contre les fureurs de l'orage,
Le parapluie est un abri fort doux ;
Et lorsque crève le nuage,
Seul, du ciel, il reçoit les coups. (*bis.*)
Que le malheur tombe sur votre tête,
Vous qui parlez tant du cœur d'un ami ;
Restera-t-il ainsi dans la tempête
Pour vous sauver de l'ennemi ?

Sans chercher à faire l'oracle,
O parapluie, on ne t'aurait jamais
Banni des salles de spectacle,
Si tu préservais des sifflets,
Demain, préserve des sifflets...
Et tu verras plus d'un vaudevilliste,
Te saluer du titre de mon bon,
Te choyer comme un grand artiste,
Et te fourrer dans du coton.

LE POËTE MOURANT.

STANCES ÉLÉGIAQUES.

Un mal brûlant, un long délire,
Consument mes jours et mes nuits;
Et toi, ma compagne, ô ma lyre!
Tu n'adoucis plus mes ennuis.
Loin des tourments de Prométhée,
Mes faibles mains t'ont rejetée;
Un murmure fut ton adieu.
O Parnasse! je pleure encore
Les concerts de ce luth sonore
Qui m'élevaient jusqu'à ton Dieu!

Ma jeunesse fut mensongère,
On crut la voir naître et fleurir;
Mais comme la plante étrangère,
On la voit naître et se flétrir.
Sur ma paupière défaillante
De l'inspiration brillante,
Ne descendent plus les rayons:
On juge mes faibles prémices;
Ne jugez pas... d'autres esquisses
Attendaient encor mes crayons.

Que l'espoir de l'homme est frivole!
Longtemps jouet d'un sort fatal,
L'encens, la palme, au Capitole.
Appelaient ton char triomphal.
Près d'y monter, la mort te frappe!
Moi, sur ta lyre qui m'échappe,
Je fondais ma postérité.
Illusion deux fois ravie!
Mais tu n'as perdu que la vie,
Et je perds l'immortalité.

Dieu, dont le sceptre d'or gouverne
Et le monde et les éléments,

Des vils coupables de l'Averne
Pourquoi me garder les tourments?
Tu mis pour moi la poésie
Dans une coupe d'ambroisie,
Source des sublimes transports;
Et grâce au malheur qui me presse,
De cette coupe enchanteresse
Ma soif n'a touché que les bords.

Consolateurs de ma retraite,
Nobles écrits, livres charmants,
Ah! pour vous aussi je regrette
Une jeunesse de tourments;
Mais voudrai-je qu'un art habile
Rendît à mon ombre débile
Ces ans qu'on traîne sans jouir?
Non, plutôt la mort dévorante,
Que ces longs jours, flamme expirante
Toujours prête à s'évanouir.

Reine de cette poésie
Au chant fier ou plein de douceurs,
Toi que mes vœux avaient choisie
Dans le chœur brillant des neuf sœurs;
Déesse de l'hymne lyrique,
Si pour moi ton vol pindarique
N'a plus d'ailes ni de flambeaux,
Laisse à ma cendre inanimée
Cette tardive renommée
Qui vole du pied des tombeaux.

Amis, la tête couronnée,
Venez dans ce triste festin,
Saisir ma lyre abandonnée
Pour l'heure où m'attend le destin.
Bercez-moi de riants mensonges:
De l'illusion aux doux songes
Prenez les traits aériens,
Et pendant mes rêves de gloire,
S'ouvrira la porte d'ivoire
Qui rend des sons élyséens.

J'entends votre voix empressée :
Art des vers, tu fais nos adieux.
Quoi ! de ma lyre délaissée
Partent ces chants mélodieux !
O prestige ! ô douce merveille !
Poursuivez, mon âme s'éveille ;
Sous des fleurs vous cachez mon sort,
Et votre bienfaisant hommage
Répand un céleste nuage
Sur le front glacé de la mort.

LES BONNETS DE TOUTES LES COULEURS.

Air *de Madame Favart.*

On fait mille chansons nouvelles,
On chante sur tout et sur rien,
Chaque jour on chante les belles,
Les guerriers, les hommes de bien,
L'amour, le printemps, les grisettes,
Les médecins et les procès ;
Moi, si je saisis mes tablettes
C'est pour vous chanter les bonnets.

Je mets le bonnet de police
Sur la tête de nos soldats,
Et le bonnet de la justice
Sur la tête des avocats ;
Pour dérober les apparences,
Que de maris... cornus, dit-on,
Cachent leurs deux protubérances
Sous des grands bonnets de coton.

Pour couvrir la tête du sage
Je prends le bonnet de Caton ;
Pour fillette à gentil visage
Je prends le bonnet de Ninon ;
A nos viveurs à rouges trognes
Je mets le bonnet de Comus,

Et je coiffe tous les ivrognes
Avec le bonnet de Bacchus.

Je mets le bonnet de Voltaire
Sur la tête de nos auteurs,
Et je prends celui de Molière
Pour recouvrir les vrais acteurs...
Je mets le bonnet de Minerve
Sur la tête des vieux troupiers ;
Pour les chansonniers pleins de verve,
J'ai le bonnet de Désaugiers.

Lorsqu'un cafard rempli de ruse
Ose attaquer l'ordre des lois,
Je prends le bonnet de Raguse
Pour en couvrir cet Iroquois.
A nos modernes empiriques
Je mets des bonnets de faquin ;
Aux caméléons politiques
Je mets des bonnets d'arlequin.

Le bonnet de Robert-Macaire
Couvre plus d'un agioteur,
Et le bonnet du plagiaire
Sert à coiffer plus d'un auteur.
Je mets le bonnet de profane
Sur la tête de nos païens,
Mais je couvre d'un bonnet d'âne
Beaucoup d'académiciens.

Sur les bonnets je me résume,
Avec mon sujet, c'est certain,
On pourrait faire un gros volume
Moi, je finis par ce quatrain :
Tous les Français, je vous le jure,
(Malgré le défaut d'unité,)
Auront toujours pour leur coiffure
Le bonnet de la liberté !

L'ENFANT DE TRENTE-SIX PÈRES

OU MISÈRE ET LIBERTÉ.

CHANSONNETTE POPULAIRE.

AIR : *Ah ! le bel oiseau, maman !*

Je suis l'gamin parisien ;
La France entière,
V'là ma mère ;
Sur mon pèr' je ne sais rien,
Et je m'en passe très bien !

Pauvre enfant abandonné,
Dans un *tour* j'ai pris naissance ;
Ça vous prouv' que j'ai tourné
Pour entrer dans l'existence...
Je suis l'gamin parisien,... etc.

C'est tout d'mêm' bien embêtant
De n'pas connaître sa race,
Je sors peut-être du flanc
D'un milord... ou d'un paillasse !
Je suis l'gamin parisien... etc.

A seize ans, de l'hôpital
J'ai fait ma première sortie ;
Depuis c'jour tant bien que mal
Je circule dans la vie.
Je suis l'gamin parisien... etc.

Quand j'ai d'quoi dans l'mont d'piété
Je porte un paquet de nippes ;
L'soir au café d'la Gaîté
Je culotte et j'vends mes pipes.
Je suis l'gamin parisien... etc.

Je courtise avec succès
Des fillettes très gentilles,
Sans redouter les procès
Qu'on s'fait dans les bonn's familles !

Je suis l'gamin parisien... etc.

Lorsqu'on m'appelle bâtard,
Je réponds sans artifice :
Est-c' ma faut' si le hasard
M'a fait l'enfant d'un caprice.

Je suis l'gamin parisien... etc.

Dans un an sans contredit,
La France, ma bonne mère,
Me fera porter l'habit
Et la moustache militaire ;
Alors, plus de bâtard,
Car
Dans une affaire
Guerrière,
On peut, morbleu ! s'faire un nom
Avec la poudre à canon !

IMPROMPTU

à une jeune et jolie actrice, qui me demandait un couplet sur elle et sur sa toilette.

Air : *On dit que je suis sans malice.*

Avec cette belle toilette,
Ah ! que votre taille est bien faite,
Comme j'aime vos yeux fripons,
Votre cou blanc, vos pieds mignons ;
Puis, vous portez au bout des manches,
Une paire de mains si blanches,

Que je voudrais, en vérité,
En avoir été souffleté !...
Je voudrais, pour ma vanité,
En avoir été souffleté !

DÉCOUVREZ-VOUS !

Air : *En attendant.*

Découvrez-vous devant le mort qui passe,
Riches, puissants, pauvres, inclinez-vous ;
Et devant lui que la haine s'efface ;
Car ici-bas tout naît, tombe et trépasse.
Découvrez-vous ! (*bis.*)

Découvrez-vous ! Si c'est un prolétaire,
Son bras puissant a travaillé pour vous;
De vos besoins il fut le tributaire;
Accordez-lui le suprême salaire.
Découvrez-vous ! (*bis.*)

Découvrez-vous ! C'est une jeune femme
Que l'on vendit aux mains d'un vieil époux,
Et qui vers Dieu remporte sa jeune âme.
Puisqu'elle meurt sans encourir le blâme,
Découvrez-vous ! (*bis*)

Découvrez-vous ! C'est une jeune amante
Qui crut, hélas ! à des aveux bien doux ;
Mais son trompeur, de naissance opulente,
L'abandonna presque mère et mourante !...
Découvrez-vous ! (*bis.*)

Découvrez-vous ! La dépouille mortelle
Porte avec soi l'oubli des grands courroux.
L'enseignement qu'elle entraîne après elle,
Dit que nos jours ne sont qu'une étincelle !..
Découvrez-vous ! (*bis.*)

(*Avec Testa.*)

LES QUATRE SAISONS DE LA VIE D'UNE GRISETTE.

AIR *du rondeau des Deux Maîtresses,* ou *C'est sur l'herbage* (de Margot.)

De la grisette,
Tendre, coquette,
Voilà le fidèle portrait;
Et de sa vie
Jeune, fleurie,
Les quatre saisons trait pour trait.

Encore enfant, la petite égrillarde
Déjà convoite et pompons et rubans ;
Puis, dans sa glace, à tous moments regarde
Son doux sourire et ses appas naissants.
De la grisette, etc.

Le printemps vient, elle est déjà pressée
D'approfondir le secret de l'amour ;
Si le secret n'est que dans sa pensée,
Neuf mois après il paraît au grand jour...
De la grisette, etc.

Quand l'été vient, jurant d'être fidèle,
D'un gros richard elle accepte les vœux ;
Elle court, vole au plaisir qui l'appelle,
Tout en courant fait encor des heureux !...
De la grisette, etc.

L'automne arrive : elle est plus réfléchie,
De sa toilette écarte les témoins ;
Couvre son âge, elle-même l'oublie,
Pour son amant elle est aux petits soins.
De la grisette, etc.

Voici l'hiver : la belle inconsolable,
Trouve que l'homme est bien petit, bien vain,
Invoque Dieu, par la crainte du diable,
Vante son cœur, et médit du prochain.

De la grisette,
Tendre, coquette,
Voilà le fidèle portrait;
Et de sa vie
Jeune, fleurie,
Les quatre saisons trait pour trait.

LES ROSES ET LES PRUNES.

AIR : *Ah! si madame me voyait!*

Lucile, vous avez dix ans:
Dans les goûts de cet heureux âge
Le bonbon doit être un hommage
Pour vous au-dessus de l'encens.
Que feriez-vous aujourd'hui de l'encens?
A vous la plus belle des brunes,
De ma campagne acceptez ce panier
De roses blanches et de prunes,
Que vous offre mon jardinier.

RÉPONSE DE LA PETITE FILLE.

Je vais vous tracer au crayon
Un petit mot pour votre maître...
Mais l'orthographe, il faudrait la connaître...
Pourtant répondre est de bon ton...
Ah! j'ai ma phrase, et le style est fort bon
« Puisque je suis la plus belle des brunes,
Monsieur, daignez accepter pour
Vos roses blanches et vos prunes,
De mon jeune cœur tout l'amour! »

RÉPONSE DU MONSIEUR.

A seize ans, quelqu'un parlera
De votre mine enchanteresse,
Et des plaisirs la douce ivresse;
Mais que de peines il faudra

Pour obtenir tout ce que j'obtiens là !
Alors, la plus belle des brunes,
Vous rirez fort de m'avoir donné pour
Des roses blanches et des prunes
De votre jeune cœur l'amour.

CONSEIL UTILE.

AIR *de Partie et Revanche.*

Pour parvenir sur cette terre,
Il faut toujours être bien mis;
Aux regards du public vulgaire
Rien n'éblouit comme les beaux habits !... (*bis.*)
Mais si vous n'avez pour richesse
Que la misère, hélas !... cachez-vous bien ;
Car l'homme est bon et s'intéresse
A ceux qui n'ont besoin de rien.

L'AMOUR ET LES BOIS.

AIR : *Gai, gai, marions-nous.*

L'amour est dans les bois ;
Fillettes
Si gentillettes
L'amour est dans les bois,
Courez prendre son carquois.

Aux doux chants du rossignol,
Sous l'ombrage
Et le feuillage,

Un oiseau se tire au vol
Avec aplomb,
Et sans plomb.

L'amour est dans les bois, etc.

On court cueillir des lilas,
Et la ville
A Romainville
Se trouve en danger là-bas :
Chaque pas
Est un faux pas !

L'amour est dans les bois, etc.

On dit que le petit Paul
Et Virginie,
Si jolie,
Jouaient sous un parasol,
Dans l'été,
A l'écarté !

L'amour est dans les bois, etc.

Un Anglais riche et bien sec,
A la danseuse
Farceuse
Sur l'herbette offre un beefteack,
Avec
De l'or et son bec !

L'amour est dans les bois, etc.

C'est dans le bois de Meudon
Que la lorette
Coquette
De son cœur fait, sans façon,
Abandon
A Cupidon.

L'amour est dans les bois, etc.

La grisette au collégien
Conjugue un verbe

Sur l'herbe.
Il apprend, par ce moyen...
— Eh bien?
— Qu'il ne savait rien!

L'amour est dans les bois;
Fillettes
Si gentillettes,
L'amour est dans les bois,
Courez prendre son carquois.

UNE OPPRESSION EN DORMANT.

Air *du vaudeville du Premier prix.*

Pour se punir de l'insolence,
Des vols et d'autres gros péchés,
J'ai vu des hommes d'importance
Prier dans des endroits cachés.
Puis, j'ai vu des agents d'affaires,
Des notaires, des avocats,
Ne pas demander d'honoraires
Aux malheureux dans l'embarras.

J'ai vu des grisettes gentilles
A bien travailler s'appliquer,
Et malgré leurs fines aiguilles,
Ne jamais se laisser piquer.
Après vingt ans de mariage,
J'ai vu des époux s'adorer;
Et j'ai vu, dans un bois sauvage,
Des filles ne pas s'égarer.

De peur qu'Apollon ne les tue,
J'ai vu courir avec ardeur
Des auteurs, à bride abattue,
Pour secourir un autre auteur;
Sous le chaume et le diadème

J'ai vu des hommes vertueux;
Et j'ai vu plus d'un Nicodème
Croire aux vertus de ses aïeux.

Malgré l'envie au regard sombre,
J'ai vu l'honnête homme en faveur,
Et j'ai vu se cacher dans l'ombre
Des gros parvenus sans honneur...
Puis, j'ai vu chasser le mensonge
De nos palais....Je me tais; car
Je n'ai vu tout cela qu'en songe,
Et dans la nuit d'un cauchemar.

L'OBÉLISQUE DE LOUQSOR.

CHANSONNETTE PATOISÉE. 1836.

AIR : *De la treille de sincérité.*

Ici, je le dis sans mystère,
Un' pierre
Qui vaut son pesant d'or,
C'est l'obélisque de Louqsor!

Voulez-vous savoir son histoire?
Sans pot-à-colles, la voilà :
C' morceau d' ciment qui fait notr' gloire,
Que chacun de nous admira,
Et même admire encore, oui dà!
De l'Egypte arrive en droit' ligne.
(Distanc' de Paris : huit cents lieues.)
Bref, nous devons c' présent insigne
D'un pacha qui porte trois queues!

Ici, je le dis sans mystère, etc.

On a placé sur les quatr' faces
De c' monument sec et pointu

Des mouch's, des lézards, des limaces,
Et des z'hann'tons avec des *n*,
Des *a*, des *o*, des *v*, des *u*.
En regardant tant d' pataraffe
Et tant d' bêt's de tous les pays,
Je n' vois que madam' la Giraffe
Pour bien comprendre un tel gâchis!

Ici, je le dis sans mystère, etc.

Pouvait-on s' priver d'un' momie
Qui, d'après informations,
Ne coûte à ma belle patrie
Qu' la bagatell' de quatr' millions?
Jugez : ça n' coût' que quatr' millions...
Aussi, plein de reconnaissance,
Je m'écrie, en parfait chrétien :
« Si j' n'étais pas né dans la France,
Je serais fier d'être Égyptien! »

Ici, je le dis sans mystère,
Un' pierre
Qui vaut son pesant d'or,
C'est l'obélisque de Louqsor!

LA MISÈRE EN HABIT NOIR.

Air *de Céline*, ou *du Vaudeville du 1er prix.*

Je vois dans ce siècle de frères,
Des artisans laborieux,
Lancer des regards trop sévères
Sur des gens mis autrement qu'eux;
C'est une injustice jalouse
Et difficile à concevoir :
La pauvreté porte la blouse,
La misère est en habit noir.

Sur ce costume qui vous fâche,
Vous jetez en vain le mépris :
Chacun de nous connaît sa tâche,
Et reste au chemin qu'il a pris.
Excusez ma parole franche :
Quant au bal vous dansez le soir,
Quelqu'un travaille le dimanche ;
C'est la misère en habit noir.

L'ouvrier vieillit en famille ;
Quand il a fini ses travaux,
Près de sa femme et de sa fille,
Il goûte un bienfaisant repos...
Mais dans un coin plus solitaire,
Un homme rêveur vient s'asseoir...
Sans qu'une voix lui dise : Espère !
C'est la misère en habit noir.

Sous le sabre et la baïonnette,
Qu'un peuple entier baisse le front,
Qui donc ose lever la tête
Et dire: nos maux finiront !
C'est l'écrivain plein de courage,
Qui, pénétré d'un saint espoir,
Veut que son prochain le partage !
C'est la misère en habit noir.

COUPLET

SUR UN PREMIER TÉNOR DE PROVINCE.

AIR *du Vaudeville de la Famille de l'Apothicaire.*

Lorsque j'entends ce grand ténor...
Je dis grand, parce qu'il possède
La taille d'un tambour-major.
Et même je crois qu'il excède...

IMPRIMERIE DE E. DÉPÉE, A SCEAUX.